Algo le pasó a mi papá

Una historia sobre inmigración y la separación familiar

A mi hija Amalia Isabelle, quien me inspira cada día a ser mejor persona. Y a todas las familias inmigrantes que han tenido que sobrellevar separaciones tan difíciles. —*VAR*

En solidaridad con las familias que viven con temor mientras luchan por un futuro mejor. Con la esperanza de que la historia de Carmen pueda inspirar soluciones para asuntos de inmigración que sean compasivas y nos beneficien a todos. —*AH*

A mi papá y mi mamá por siempre apoyarme y apoyar mis sueños. Y a todos los padres del mundo que se esfuerzan por darle una mejor vida a sus hijos. —*GF*

Magination Press

Books for Kids From the
American Psychological Association

Derechos de autor © 2022 por Vivianne Aponte Rivera y Ann Hazzard. Ilustraciones © 2022 por Gloria Félix. Todos los derechos reservados. Salvo lo permitido por la Ley de Derecho de Autor de los Estados Unidos de 1976 (United States Copyright Act). Ninguna parte de esta publicación puede ser reproducida o distribuida de ninguna forma o por ningún medio o almacenada en una base de datos o sistema de recuperación sin el permiso previo por escrito del editor.

Magination Press es una marca registrada de la Asociación Americana de Psicología. ordene los libros en la página web maginationpress.org o llamando al 1-800-374-2721

Asistencia de traducción por Sylvia Aponte Rivera

Libro diseñado por Rachel Ross

Imprimido por Worzalla, Stevens Point, WI

Library of Congress Cataloging-in-Publication Data is on file.

Manufactured in the United States of America
10 9 8 7 6 5 4 3 2 1

Algo le pasó a mi papá

Una historia sobre inmigración y la separación familiar

Escrito por
Vivianne Aponte Rivera, MD
y **Ann Hazzard, PhD, ABPP**
Ilustrado por
Gloria Félix

MAGINATION PRESS · WASHINGTON, DC
AMERICAN PSYCHOLOGICAL ASSOCIATION

El papá de Carmen era mago.
Él hacía volar los sarapes. ¡Él
hacía desaparecer los conejos!

Pero, un día el papá de Carmen desapareció.

Su mamá dijo que fue arrestado porque no tenía papeles.

"¡Nosotros tenemos mucho papel!" dijo Carmen.

"No del tipo que Papi necesita", contestó Mamá.
"Las personas que no nacieron
en los Estados Unidos necesitan
documentos del gobierno
para trabajar o vivir aquí".

"¿Tú tienes papeles,
Mamá?"

"Sí, tú y yo nacimos aquí", dijo la mamá de Carmen. "Papi nació en México".

"¿Podemos darle los nuestros?" preguntó Carmen.

Su mamá se secó una lágrima y movió la cabeza diciendo que no.

Carmen no podía dormir, su mente daba vueltas. Trataba de imaginarse a Papi en un centro de detención. Su mamá dijo que allí llevaban a los inmigrantes sin papeles. A Carmen le preocupaba que su papá fuera enviado de vuelta a México.

Antes de ir a la escuela, la mamá de Carmen dijo, "No le digas a nadie lo que está pasando. No quiero que la gente nos menosprecie".

En la cafetería de la escuela, Carmen no dijo ni una palabra. Solo movía la comida en el plato.

"¿Estás bien?" preguntó Riley.

"Solo estoy cansada", dijo Carmen. Se preguntaba si Mamá tenía razón. ¿Las personas realmente pensarían menos de ellas porque Papi no tiene papeles?

La abuela de Carmen preparó tamales para la cena.

"¿Recuerdas el truco de magia que Papi hizo en mi fiesta de cumpleaños?" preguntó Carmen.

"Claro que sí", dijo la abuela. "Él convirtió un sándwich de crema de cacahuate y mermelada en un tamal".

"¡Y luego se lo comió!" añadió la mamá de Carmen. Por primera vez en varios días, Carmen sonrió.

"¿Cómo podemos sacar a Papi de allí?" preguntó Carmen.

"Tenemos que convencer a un juez para que le permita quedarse en los Estados Unidos", dijo el abuelo de Carmen.

"Necesitamos que nos ayude un abogado de inmigración".

"Pero no tenemos para pagarle", dijo su mamá. "Apenas podemos pagar nuestros gastos sin el dinero del trabajo de Papi".

La semana siguiente, los compañeros de clase de Carmen compartieron sus historias familiares. Riley habló sobre los ancestros de su papá quienes inmigraron de Irlanda hace muchos años. Los irlandeses estaban muriendo de hambre porque la cosecha de papas se había arruinado.

Jayden habló sobre los ancestros de su mamá quienes fueron traídos aquí desde África. Fueron obligados a trabajar en las plantaciones como esclavos.

Nizar y su familia solían vivir en Siria. Su tío era un doctor que fue asesinado en una guerra allí. "Podríamos haber muerto si nos quedábamos allá", dijo Nizar.

Cuando le tocó a Carmen, ella dijo que los padres de su mamá vinieron de México en busca de trabajos que pagaran mejor. No mencionó a su papá.

En la biblioteca, Rosa le preguntó qué le pasaba.
Carmen se cubrió la boca, pero las palabras salieron
de todas maneras. "Papi fue arrestado porque no
tiene papeles. ¡Puede que lo deporten de vuelta a
México! ¿Qué tal si no lo vuelvo a ver?"

Algunos niños habían estado escuchando y les dijeron a otros niños. Unos pocos miraron a Carmen de forma extraña. Pero Nizar dijo, "mi vecino favorito no tiene papeles".

La mamá de Carmen le preguntó si alguien sabía acerca de Papi.

"Yo le dije a Rosa", admitió Carmen, "y algunos otros niños lo escucharon. ¿Estás enojada?"

"No, mi amor", dijo la mamá de Carmen. "Yo le conté a una amiga que conoce a una buena abogada. Y nuestra iglesia quiere recolectar dinero para ayudarnos a pagar".

"¡Digámosle a Papi!" dijo Carmen.

Tomó horas manejar hasta el centro de detención. Carmen se acurrucó en los brazos de Papi, contenta como un pajarito.

Mamá dijo, "Si la iglesia pide donaciones, todos sabrán nuestra situación".

"No estoy avergonzado", contestó Papi. "Hemos construido una hermosa vida juntos".

"Las familias merecen estar unidas", dijo Carmen. "La gente nos va a querer ayudar".

Finalmente, Carmen conoció a la nueva abogada de la familia. Estaba muy emocionada imaginando que la abogada liberaría rápidamente a papi. Sin embargo, pasaron tres meses y la familia aún seguía separada.

En la escuela, Rosa preguntó por Papi. Carmen suspiró.
"Puede pasar mucho tiempo antes de que el juez decida".

"Lo siento", dijo Rosa.

Riley trajo consigo una hoja de inscripción para el concurso de talento de primavera. "¿Recuerdas el año pasado?" dijo ella.

"¡Tu papá sacó una flor de la oreja de la directora!"

Carmen no sabía qué decidir. Si participaba en el concurso, más niños podrían preguntar por qué su papá no estaba allí. Pero ella estaba cansada de simplemente esperar. ¿Qué hubiera querido Papi que ella hiciera?

Jayden comenzó el concurso de talento con unas patadas de karate espectaculares.

Luego, las primas de Rosa bailaron, con sus faldas volando alto.

Carmen caminaba de un lado a otro detrás del escenario. Pronto no habría donde esconderse. Se imaginó la sonrisa de Papi, cálida como el pan tostado con mantequilla. Respiró profundamente, se puso su sombrero y dio un paso adelante.

En el público, ella vio a su mamá, sus abuelos y algunas familias de la iglesia. Para su acto final, Carmen unió y desunió tres argollas plateadas. "¡Estas argollas son Papi, Mamá y yo!" declaró.

"Ese último truco fue asombroso", dijo Nizar. "¿Cómo lo hiciste?"

"¡Eso es entre Papi y yo!" dijo Carmen.

"Un secreto que sí vale la pena guardar", añadió su mamá.

Carmen se sintió valiente, fortalecida por los recuerdos de Papi y las sonrisas de sus amigos. Moviendo su varita mágica audazmente, dijo,

"¡la magia ocurre de muchas maneras!"

Papá

YO

Mamá

Nota al lector

Desde su comienzo, la gente ha migrado de un lado a otro. Sin embargo, la inmigración ha sido un tema controversial y mal comprendido en los Estados Unidos (EE. UU.) y demás lugares. Nuevas olas de inmigrantes a menudo han sido objeto de prejuicio y esto es con seguridad cierto hoy día, especialmente para los inmigrantes de color.

En el 2019, había cerca de 45 millones de individuos nacidos en el extranjero viviendo en los EE. UU., quienes representaban un 13.7% de la población total de 328 millones en ese momento. Tres cuartas partes de los inmigrantes están aquí legalmente, ya sea como ciudadanos naturalizados o como residentes legales permanentes (poseen una "tarjeta verde" o "green card"). Existen 10.5 a11 millones de inmigrantes indocumentados viviendo en los EE. UU., aproximadamente la mitad son de México. Tanto los inmigrantes documentados como los indocumentados han venido a los EE. UU. por las mismas razones que los inmigrantes del pasado. Están buscando oportunidades educativas o económicas; huyendo de desastres naturales extremos, guerra o persecución; y/o para reunirse con otros familiares quienes viven en los EE. UU.

Ha habido muchos cambios en las leyes de inmigración a través de los años. En algunos momentos de la historia, ha sido relativamente fácil para muchos individuos inmigrar legalmente. En otros momentos, como ahora, las políticas inmigratorias han limitado significativamente la inmigración legal desde muchos países. Los casos de personas que buscan estatus de refugiado o solicitan asilo son gobernados por leyes separadas. Las cortes que procesan todos los casos de inmigración reciben fondos insuficientes y experimentan grandes retrasos.

¿POR QUÉ HABLARLE A LOS NIÑOS SOBRE LA INMIGRACIÓN?

Los niños son naturalmente curiosos acerca de los individuos de trasfondos culturales diversos. Ellos están expuestos a las noticias y a conversaciones sobre la inmigración. También pueden tener muchas preguntas acerca de los desafíos enfrentados por las familias inmigrantes.

La incertidumbre legal enfrentada por los inmigrantes indocumentados impacta a los niños de muchas maneras. Más de 4 millones de niños nacidos en los EE. UU. (por lo tanto, ciudadanos estadounidenses) viven con un padre o madre sin documentos. Esta es una situación muy estresante, ya que las familias cautelosas con frecuencia dudan en utilizar los servicios públicos o revelar su estatus migratorio a otros. Cientos de miles de familias han visto su miedo de la separación materializarse cuando padres indocumentados han sido detenidos o deportados. Los niños en estas familias con frecuencia sufren de circunstancias económicas difíciles, depresión y ansiedad.

Además, muchos niños fueron traídos por sus padres a los EE. UU. sin documentación. A estos individuos se les conoce como "Soñadores" ("DREAMers"), refiriéndose a la ley de Desarollo, Alivio y Educación para Menores Extranjeros [DREAM (Development, Relief, and Education for Alien Minors) Act, por sus siglas en inglés] que fue propuesta para darles estatus de residentes legales permanentes. Aproximadamente 1.5 a 1.7 millones de los "Soñadores" ("DREAMers") son elegibles para recibir protección legal temporera contra la deportación bajo el programa de Acción Diferida para los Llegados en la Infancia [DACA (Deferred Action for Childhood Arrivals), por sus siglas en inglés]. Sin embargo, actualmente no hay un camino hacia la ciudadanía permanente para ellos.

Algo le pasó a mi papá es acerca de una familia latina de estatus mixto ("mixed status") en la que el padre es indocumentado mientras que la madre e hija son ciudadanas de los EE. UU. Un malentendido común es que el casarse con un ciudadano americano le otorga automáticamente la ciudadanía al cónyuge. En realidad, los cónyuges inmigrantes son elegibles para solicitar la ciudadanía, pero el proceso es complejo y toma tiempo y dinero. Por lo cual, algunos individuos no solicitan la ciudadanía inmediatamente después de casarse y por lo tanto su estabilidad familiar es precaria.

La historia trata de temas universales, ya que muchas familias tienen que lidiar con secretos familiares y separaciones. Para familias latinas, el cuento da voz a su sufrimiento ante la incertidumbre legal y el sentimiento anti-inmigrante entre algunos estadounidenses. La historia destaca lo que los inmigrantes tienen para compartir con los demás: sus historias, sus ricas herencias culturales, su resiliencia y su determinación. Las familias podrían verse inspiradas a conocer más sobre la inmigración después de leer esta historia. El aprender acerca de los desafíos enfrentados por inmigrantes a nivel global puede ayudar a familias estadounidenses a desarrollar aún más su empatía. *Algo le pasó a mi papá* provee tanto una representación realista de los desafíos enfrentados por los inmigrantes recientes, como un mensaje de resiliencia y apoyo comunitario.

VOCABULARIO Y DEFINICIONES PARA NIÑOS

Los siguientes son algunos términos que pueden surgir mientras esté discutiendo la inmigración con su hijo o hija, con definiciones aptas para niños. La mayoría de las definiciones son especialmente pertinentes a los niños que están creciendo en los EE. UU.

Ancestros – Los ancestros son los parientes que estaban antes que tú. Por ejemplo, tu tátara-tátara-abuela es uno de tus ancestros.

Centro de detención – Mientras las personas indocumentadas esperan que un juez decida si se pueden quedar en los EE. UU. o no, son mantenidos en un centro de detención, que es parecido a una cárcel.

Ciudadanos – Los ciudadanos son las personas de un país. En los EE. UU., las personas que nacen aquí son ciudadanos legales. También, algunas personas que se mudan aquí se pueden convertir en "ciudadanos naturalizados". Frecuentemente, tienen trabajo o parientes aquí y tienen que pasar por muchos procedimientos antes que el gobierno decida si pueden ser ciudadanos.

Deportación – Algunas personas que viven en los EE. UU. no son ciudadanos o no tienen documentos ("papeles") que les permitan quedarse. Nuestro gobierno puede decidir enviarlos de vuelta a sus países de origen y eso se llama deportación.

Frontera – Una frontera marca dónde un país termina y el otro comienza. Los países y sus fronteras están cambiando constantemente según la gente se traslada y según los países luchan por territorio. Por ejemplo, California y Texas (ahora dentro de los EE. UU.) eran originalmente parte de México.

Inmigrante – Un inmigrante es una persona que se muda a otro país. A veces, las personas se mudan a los EE. UU. sin los documentos que le dan permiso para vivir en el país. A estas personas se le llama inmigrantes indocumentados. Algunas personas le llaman a un inmigrante indocumentado "extranjero ilegal" ("ilegal alien"). Esta no es una manera amable de describir a alguien pues la palabra "alien" significa extranjero, pero también extraterrestre. Esto sugiere que no son tan siquiera humanos.

"Papeles" – "Papeles" es otra palabra para los documentos legales que permiten que una persona esté en los EE. UU. Estos pueden ser un certificado de nacimiento que muestre que la persona nació en los EE. UU. y es un ciudadano, la tarjeta de residente legal permanente ("tarjeta verde" o "green card") que permite que la gente viva y trabaje en los EE. UU. o una visa. Existen diferentes tipos de visa que permiten visitar los EE. UU. por trabajo, estudio o vacaciones.

Prejuicio – El prejuicio es una opinión que uno tiene sobre otros sin haberles conocido. Usualmente, quiere decir que a uno no le gusta alguien porque es diferente. Por ejemplo, cuando se asume algo negativo sobre alguien por su color de piel, religión, género, cultura o país de origen.

Refugiado – Un refugiado es alguien a quien se le da refugio (protección) en nuestro país por peligro en su país de origen. A los refugiados, el gobierno de los EE. UU. les da protección legal (un tipo de "papeles") y ayuda con su proceso de reasentamiento (mudanza a los EE. UU.). Muchas más personas solicitan refugio y asilo de lo que el gobierno de los EE. UU. acepta.

Servicio de Control de Inmigración y Aduanas [ICE (Immigration and Customs Enforcement), por sus siglas en inglés] – Es la agencia de gobierno de los EE. UU. que se asegura de que las personas sigan las leyes de inmigración. Esta agencia puede arrestar a las personas que crean ser inmigrantes indocumentados. "ICE" a veces es llamado "la migra".

Solicitantes de Asilo – Los solicitantes de asilo son personas que inmigran por peligros en su país de origen. El peligro puede ser por desastres naturales (como huracanes o terremotos), guerra o amenazas de daño (a menudo por su raza o religión). Ellos piden asilo (protección) cuando cruzan la frontera de los EE. UU. Entonces, esperan que un juez decida si se pueden quedar aquí legalmente.

DIALOGOS ENTRE ADULTOS Y NIÑOS

Esta sección incluye ejemplos de respuestas a preguntas de los niños, así como preguntas que pueden hacer los adultos para iniciar conversaciones.

Nota: Las respuestas de los adultos están en texto negro mientras que las respuestas de los niños están en texto azul.

Conversaciones iniciadas por los niños

Preguntas acerca de la historia

¿Por qué la mamá de Carmen le dijo que mantuviese en secreto que su papá estaba en un centro de detención?
La mamá de Carmen tal vez no quería que las trataran de manera diferente o con pena. A veces la gente guarda secretos porque le es difícil hablar de algo. ¿Alguna vez has guardado un secreto para que no tuvieras que hablar de algo?

¿Carmen se sentía avergonzada de que su papá estuviese en un centro de detención?
Carmen sabía que Papi era un padre amoroso y muy trabajador. ¡Ella no tenía nada de qué avergonzarse! Pero ella pudo haber estado preocupada de que los demás pensaran menos sobre él porque era un inmigrante indocumentado y estaba en un centro de detención. ¿Alguna vez te has sentido preocupado o preocupada de que otros piensen menos de ti? Algunas personas no entienden la situación particular de los demás o no son amables. Recuerda que eres maravilloso(a) y valioso(a).

¿Por qué las personas necesitan "papeles" para quedarse en el país?
Los países tienen leyes acerca de quién puede mudarse a vivir en ellos y los gobiernos les dan a las personas documentos ("papeles") que muestran que han sido aprobados para quedarse. Algunas personas en los EE. UU. quieren que nuestras leyes de inmigración sean estrictas, mientras que otros piensan que deberíamos tener leyes que den la bienvenida a muchos inmigrantes.

¿Qué pasa después de que alguien sin "papeles" es detenido (arrestado)?
Una vez que una persona sin "papeles" es detenida, es llevada a un centro de detención mientras espera hasta que pueda reunirse con un juez de inmigración. En ocasiones, la persona puede salir bajo fianza (dinero pagado) y esperar por su cita en el tribunal desde su hogar dentro de los EE. UU. No todas las personas califican para salir bajo fianza, ni tampoco todos tienen el dinero

para pagarla. El juez de inmigración decide si la persona se puede quedar o si tiene que regresar a su país de origen (ser deportado). En años recientes, algunos niños han sido separados de sus padres o familiares en lo que esperan por su cita en el tribunal con el juez de inmigración.

¿El papá de Carmen logra volver con su familia?

Eso es lo que Carmen y su familia esperan que ocurra. Lamentablemente, familias en situaciones similares a la de Carmen a veces logran reunirse de nuevo y otras veces no. Todo depende de lo que se decida en la corte, lo que a menudo puede ser un proceso largo. ¿Qué te gustaría a ti que pasara? ¿Piensas que la última ilustración muestra lo que realmente pasó o lo que Carmen deseaba que pasara?

Nota: La intención con la última ilustración es que represente una reunión deseada y no una reunión actual, ya que el resultado de estas situaciones es difícil de predecir. No obstante, entendemos que algunos niños podrían necesitar, a nivel emocional, creer que el papá de Carmen logra regresar con la familia.

Preguntas acerca de la inmigración
Un niño en mi clase apenas habla inglés. ¿Por qué?

Algunas familias hablan otro idioma en la casa y los niños no aprenden inglés hasta que van a la escuela. Otros niños han llegado recientemente a los EE. UU. y sólo hablan el idioma que se habla en su país de origen. ¿Qué pensaste sobre tu compañero cuando te diste cuenta que no hablaba inglés? Algunas personas piensan negativamente sobre la gente que hablan un idioma diferente. A esto se le llama prejuicio.

¿Por qué algunos inmigrantes visten de forma diferente?

La mayoría de las culturas tienen vestimentas tradicionales que son diferentes a la ropa que tú usas. Éstas pueden ser hechas con distintas telas, patrones o estilos. Algunas culturas o religiones utilizan piezas de ropa para cubrir la cabeza como bufandas o sombreros. ¡Es interesante que existan tantas formas distintas de vestir en el mundo!

¿Los inmigrantes sin "papeles" son criminales?

La mayoría de los crímenes como robar, conducir bajo los efectos del alcohol y asalto a mano armada, son acciones que pueden lastimar a las otras personas. Es por esto que esos comportamientos están en contra de la ley o son ilegales. Los inmigrantes sin "papeles" pueden ser arrestados por cruzar la frontera ilegalmente, pero eso no es una acción que lastima directamente a las otras personas. La mayoría de los inmigrantes, con o sin "papeles", obedecen las leyes de EE. UU. diseñadas para mantenernos seguros.

¿Cómo llegaron aquí nuestros ancestros? ¿Por qué vinieron?

Nota: Esta pregunta ofrece la oportunidad de compartir su historia familiar con su hijo o hija. Si lo considera apropiado, motive a su hijo o hija a comparar y contrastar las experiencias de sus ancestros con las historias de inmigración de algunos de los niños y niñas en esta historia.

Conversaciones iniciadas por adultos

Éstas preguntas pueden ser hechas por cuidadores o educadores para ayudar a los niños a entender mejor los temas de la historia.

Nota: El texto en azul indica conceptos que los adultos pueden suscitar en los niños mientras discuten la historia.

- En la historia, ¿cuáles son algunas razones por las cuales las personas inmigraron a los EE. UU.? Algunos fueron traídos como esclavos; algunos vinieron porque había escasez de alimento o trabajo en su país de origen; algunos vinieron porque estaban en peligro debido a una guerra.

- ¿Existen otras razones por las cuales las personas se podrían mudar a otro país? En busca de seguridad y un hogar después de un desastre natural; para estar con familiares que se mudaron; para buscar una mejor educación para ellos mismos o sus hijos; para ver otra parte del mundo.

- ¿Cómo pudieron Carmen y su familia sobrellevar el estar separados de su papá? Carmen disfrutaba de buenos recuerdos del tiempo compartido con su papá, habló con algunos amigos cercanos sobre sus sentimientos, lo visitó e hizo trucos de magia para sentirse más cerca de él. Su familia contrató a una abogada para trabajar en traerlo a casa.

- ¿Alguna vez has tenido que separarte de algún familiar cercano por mucho tiempo? ¿Cómo te sentiste? ¿Cómo sobrellevaste la separación?

- Al final de la historia, Carmen dice: "la magia ocurre de muchas maneras". ¿Qué tú crees que quiso decir?

  La magia no son sólo trucos. La gente puede utilizar la palabra "mágico" para describir algo que es especial y poderoso. En esta historia, los recuerdos que tiene Carmen sobre su papá fueron "mágicos" al ayudarla a sentirse más cerca de él y ser valiente. También el apoyo de otros fue "mágico" para la familia de Carmen. Sus amistades les apoyaron al tratarles con respeto y donar dinero para contratar una abogada que quizás pueda volver a reunir al papá de Carmen con la familia.

- ¿Cómo te hizo sentir la historia?

- ¿Si fueras compañero o compañera de clase de Carmen, qué tú le dirías a ella?

- ¿Cómo cambió Carmen a lo largo de la historia?

- ¿Qué es algo que aprendiste de esta historia?

ESTRATEGIAS PARA ESTIMULAR LA SENSITIVIDAD CULTURAL

Es natural tener curiosidad acerca de el trasfondo cultural de las personas. La diversidad cultural en los EE. UU. es una de nuestras mayores fortalezas, aunque también ha creado retos. He aquí algunas ideas de cómo ser respetuosos hacia los demás en nuestro país multicultural.

✓ Que hacer

- Enséñele a su hijo o hija las historias de sus ancestros. Discutan las similitudes y diferencias entre las vivencias de los inmigrantes de antes y los de hoy día.

- Abogue para que los maestros y maestras en la escuela de sus hijos utilicen una perspectiva cultural inclusiva. Preste atención a cómo el currículo de la escuela se refiere a las interacciones de los colonizadores europeos con los nativos americanos,

afroamericanos esclavizados y los inmigrantes de varios países que han llegado más recientemente.

- ¡Conozca a sus vecinos! Busque oportunidades para involucrarse regularmente en actividades con personas de culturas diversas.

- Lea historias y vea información mediática acerca de personas de distintos trasfondos culturales.

- Considere participar en actividades que aboguen por una reforma migratoria, trato digno para refugiados, solicitantes de asilo y detenidos o asistencia para refugiados en el proceso de reasentamiento.

- Utilice las preguntas o comentarios sobre diferencias raciales y culturales hechos por su hijo o hija como oportunidad de aprendizaje. Estimule la curiosidad de manera positiva, fomentando así el deseo de aprender más sobre otras personas y ser inclusivos.

✗ Que no hacer

- En los EE. UU., la cultura dominante europeo-americana a veces es erróneamente considerada inherentemente superior a las culturas no dominantes. Esta suposición puede ser implícita, pero a veces es explícita. Enséñele a su hijo o hija que las diferencias culturales no son mejores o peores, correctas o incorrectas; más bien, son únicas e interesantes. Este asunto puede surgir cuando un niño o niña hace un comentario negativo de la ropa, comida o nombres de otra cultura. Un comentario útil sería: "Sólo porque algo es nuevo para ti, no significa que sea raro o malo. ¿Cómo te sentirías si se burlasen de tu comida sólo porque están acostumbrados a algo diferente?".

- No pregunte inmediatamente a alguien que se ve diferente a usted o tiene un acento distinto: "¿De dónde eres?". Esta pregunta casi nunca se le hace a un estadounidense blanco. Puede implicar que la persona no es vista como completamente "perteneciente" en el país. Imagínese cómo se sentiría si sus ancestros chino-americanos hubieran inmigrado a los EE. UU. hace generaciones atrás pero constantemente le hicieran esa pregunta a usted. Esta pregunta también puede hacer que inmigrantes recientes se sientan no bienvenidos o ansiosos. Las circunstancias de su inmigración podrían ser profundamente personales. En vez, enfóquese en otras preguntas comúnmente usadas en el proceso de conocerse. Si la relación con el tiempo se vuelve más cercana, llegará a saber sobre el trasfondo cultural y la historia de inmigración de otros; posiblemente a medida que usted le da a conocer su propia historia familiar. Si su hijo o hija hace esta pregunta de imprevisto, podría decirle: "Está bien tener curiosidad, pero esa pregunta puede hacer que alguien se sienta no bienvenido o bienvenida. Ahora mismo, está aquí, al igual que nosotros". Luego, podría modelar el hacer preguntas menos cargadas.

- No haga generalizaciones estereotipadas. Su vecina latina no quiere que asuma que su comida es muy picante porque ella habla español. Su colega jamaiquino-americano no quiere que cambie la estación de radio a reggae tan pronto él se acerca. Quizás esté tratando de establecer una conexión con estos comentarios o comportamientos, pero ser estereotipado es frustrante. ¿Le gustaría que otros hicieran suposiciones sobre usted en vez de llegarle a conocer como individuo?

- No asuma que es la responsabilidad de la otra persona educarle sobre su cultura. Algunas personas disfrutan el hablar de su cultura. Para otras, el tema puede ser engorroso (por ejemplo, lleno de estereotipos repetitivos) o traumático. Responsabilícese de enseñarse a sí mismo y a sus hijo o hija a través de lecturas, videos y experiencias multiculturales.

CONSIDERACIONES ESPECIALES PARA FAMILIAS CON ESTATUS MIXTO

Las familias que cuentan con uno o más inmigrantes indocumentados enfrentan retos particulares. El nivel de madurez de un niño, la exposición continua a asuntos de inmigración y el riesgo de enfrentar separación familiar deben ser considerados al tener conversaciones sobre estatus legal. Las siguientes son algunas estrategias a considerar. En última instancia, cada familia tiene que tomar las decisiones que consideren mejor para ellos.

Discutiendo estatus de documentación con niños

- Los niños más pequeños pueden no comprender lo que conlleva la deportación. Hablarles de ser separados de sus padres puede causar ansiedad y angustia. En vez, fomente la relación entre el niño y posibles cuidadores para que pueda tener una transición más fácil si ocurre una detención y posible deportación. Tener conversaciones generales sobre la inmigración puede crear la base para futuras discusiones.

- Los niños mayores (aproximadamente 8 años en adelante) pueden recibir más detalles sobre la historia de inmigración de su familia. A medida que van creciendo, aumenta la probabilidad de que los niños hayan escuchado conversaciones o percibido la ansiedad de sus padres respecto al estatus migratorio. Suele ser mejor que estén informados y reciban apoyo familiar en vez de sentirse solos con sus preocupaciones o posiblemente traicionados por el secretismo de los padres. Averigüe lo que los niños ya saben, atienda sus necesidades emocionales, y edúquelos sobre la inmigración. Ellos deben saber que el estatus migratorio de su familia no es razón para avergonzarse, pero sí es información privada. Estas son conversaciones que usualmente continúan a través del tiempo y las familias no deben esperar hasta que alguien sea detenido para comenzar a tener estos diálogos.

Preparándose para una posible detención o deportación

- Mantenga todos los documentos importantes (certificados de nacimiento, poderes notariales, registros financieros, títulos de propiedad, información de contacto de familiares o posibles cuidadores, nombres de usuario y contraseñas) en un lugar seguro y notifíquele a familiares o amigos de confianza donde están ubicados.

- Obtenga pasaportes, especialmente para los niños, ya que sirven como fuente de identificación. Los ciudadanos estadounidenses necesitan un pasaporte para viajar a visitar a un padre, madre o pariente que haya sido deportado a otro país. Los que no son ciudadanos estadounidenses pueden necesitar un pasaporte si es que deben regresar a su país de origen.

- Considere coordinar de antemano para que alguien asuma poder notarial en caso de una detención. Este documento permite que un padre o una madre determine quien desea que cuide de y tome decisiones por sus hijos en su ausencia.

- Haga que los niños memoricen la información de contacto para un familiar o amigo a quien deben contactar en caso de que su padre, madre o cuidador sea detenido.

Considere hablar con un abogado de inmigración que pueda evaluar la situación inmigratoria específica de su familia. Existen distintas formas de obtener ciudadanía y las leyes cambian con frecuencia. Ser un inmigrante indocumentado no siempre implica que no pueda solicitar la residencia permanente y la ciudadanía. Abogados de inmigración de buena reputación usualmente pueden ser ubicados por medio de asociaciones como la Asociación Americana de Abogados de Inmigración [American Immigration Lawyers Association (AISA)] o la asistencia legal de inmigración.

Información adicional está disponible en línea (ver enlace más abajo). En la sección para padres, hay muchos recursos útiles, tales como un libro de trabajo para ayudar a los niños latinos a manejar sus preocupaciones o experiencias en cuanto a la deportación de un familiar. También incluye enlaces a organizaciones con enfoque inmigratorio, las cuales proveen información, asistencia legal y promueven las causas inmigratorias.

PARA MÁS INFORMACIÓN

Si usted desea más información, por favor visite la página electrónica de este libro en apa.org/pubs/magination/something-happened-dad

La lista de "Recursos Adicionales" incluye lo siguiente:

1) Libros Para Niños Sobre las Experiencias de Inmigrantes
2) Recursos Adicionales para Padres
3) Recursos Adicionales para Educadores
4) Referencias para la Nota al Lector

No existen respuestas simples a los dilemas de inmigración. El gobierno de los EE. UU. no ha podido avanzar en términos de una reforma migratoria exhaustiva que ayude a determinar el futuro de millones de inmigrantes indocumentados que han estado viviendo y trabajando aquí por muchos años. En vista de que el número de inmigrantes detenidos diariamente ha aumentado por alrededor de veinte veces durante los últimos cuarenta años, muchas organizaciones abogan por alternativas a la detención que sean más humanas y orientadas a la comunidad mientras esperan por sus audiencias. Los lectores pueden tener diversas opiniones respecto a posibles soluciones. De todas maneras, esperamos que todas las familias puedan aceptar el mensaje de compasión y humanidad compartida presentado en *Algo le pasó a mi papá*.

Acerca de las ilustraciones

Al trabajar en las ilustraciones para este libro mi inspiración principal fue mi propia familia. Mis abuelitos y papás. Mi abuelo fue un bracero en aquel entonces. El migró al norte, igual que las mariposas monarcas; un símbolo muy especial para todos los migrantes, especialmente para las personas de Michoacán como nosotros.

Al diseñar los personajes quise asegurarme de incluir representación afro-latina; una parte de la población que con frecuencia es pasada por alto en los medios latinos.

–Gloria Félix

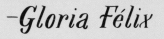 *Ann Hazzard, PhD, ABPP* es coautora de *Something Happened in Our Town (Algo Pasa en mi Ciudad)* y *Something Happened in Our Park*. Como psicóloga, ella ha utilizado las historias con fines terapéuticos en el tratamiento de niños y adolescentes. Como defensora de derechos comunitarios, se ha enfocado en la salud conductual de los niños y la justicia social.

Vivianne Aponte Rivera, MD, es una psiquiatra de niños y adolescentes originaria de Puerto Rico. Es miembro de la Facultad en la Escuela de Medicina de la Universidad de Tulane y ha trabajado con familias inmigrantes a través de su carrera.

Las doctoras Aponte Rivera y Hazzard fueron miembros de la Facultad en la Escuela de Medicina de la Universidad de Emory en Atlanta al mismo tiempo, cada una trabajando en clínicas que brindaban servicios a familias, en su mayoría inmigrantes y de grupos minoritarios.

Gloria Félix nació y se crió en Uruapan, una pequeña y hermosa ciudad en Michoacán, México (una de sus principales inspiraciones en lo que al arte se refiere). Luego de obtener un bachillerato en animación y arte digital, Gloria se mudó a San Francisco para obtener su grado de maestría en bellas artes, en desarrollo visual. Además de libros infantiles, también hace arte para la industria de la animación. Sus pasatiempos incluyen caminar, pintura con modelo presente, y pintura al aire libre junto a su pareja y amigos. Actualmente vive y pinta en Guadalajara.